모든 만남,
모든 이별이
스며들어
우리가
되었구나.

김종철 시집 II

Mindcube

마인드큐브(**Mindcube**)：
책은 지은이와 만든이와 읽는이가 함께 이루는 정신의 공간입니다.

작고 사소한 것일수록 위대한 희망의 씨앗들 입니다.
낙엽, 개나리꽃, 소라껍질, 보은대추, 제주돌…

작은 슬픔과 상처들은
극복하여 아물면, 꽃으로 피는 행복한 사연들 입니다.
만남, 기다림, 이별, 상처, 슬픈 기억들…

반복되는 일상도 늘 감사하면,
영혼이 행복하게 되고, 영혼이 행복해야 아름답게 됩니다.

시는
우리들에게 희망을 주고, 행복하게 하여,
세상을 이쁘고, 아름답게 합니다.

마음에 상처를 받으신 분들에게 작은 위안이 되고,
꿈을 잃은 분들에게 소망의 촛불이 되기를 바라며
제 시를 드립니다.

2019. 8.
시인 김종철 올림

序詩 ____

모든 만남, 모든 이별이 스며들어 우리가 되었구나.

상처

무언가를
많이 좋아할수록
많이 아플 수밖에 없다.

누군가를
깊이 사랑할수록
상처가 깊을 수밖에 없다.

기쁨보다
아픈 상처를 부둥켜안을 때
비로소 우리는 하나가 된다.

하여, 우리의 영혼은

사랑의 깊이가 아니라
아물어진 상처의 깊이만큼 아름답다.

차례

모든 만남, 모든 이별이 스며들어 우리가 되었구나.

2부. 진주빛 영혼의 시

3부. 변호사의 하루

모든 만남, 모든 이별이 스며들어 우리가 되었구나.

4부.　눈과 함께 겨울나기

끝시.　4월의 눈_143

모든 만남, 모든 이별이 스며들어 우리가 되었구나.

1부 ———————— 모든 것에 희망이 있다

모든 만남, 모든 이별이 스며들어 우리가 되었구나.

개나리꽃

봄이 왔다고 피는 꽃이 아니라
봄을 맞이하려고 피는 꽃이다.

멀리서 들려오는 봄 기척에 설레어
잎보다 먼저 피어나
여린 살결로 꽃샘추위를 견딘다.

허투루 먼저 피는 꽃은 없다.
봄을 기다리는 무수한 바램들이 모여서
노오란 개나리는 한꺼번에 만발한다.

개나리가 피면 봄이 온다.

그래서, 너는 희망이고,
너를 보면, 나도 봄이 된다.

모든 만남, 모든 이별이 스며들어 우리가 되었구나.

소라껍질

속은 어디로 가고
껍질만 추억으로 남았네.

바다 멀리 떠나와
아직도 파도를 그리워하는 그대여.

너의 빈 속에 귀를 기울이면
그 바다 파도소리 아득히 들리네.

누가 그대를 껍데기라고 하나
속 가득 깊은 바다를 품은 그대에게.

모든 만남, 모든 이별이 스며들어 우리가 되었구나.

배롱나무 꽃

매일 한송이 다시 피어
백일을 간다.

여름 열정을 안아
붉게 핀 배롱나무 꽃.

바라보면
늘 같은 모습 아름다운 너.

지는 만큼 피어 내어
아픔만큼 화사하구나.

모든 만남, 모든 이별이 스며들어 우리가 되었구나.

나비

나비는
아름다운 날개를 가지기 위하여

몇 번의 허물을 벗고,
고독한 번데기의 겨울을 감내한다

날개는
인내한 자에게 내리는 하늘의 축복

나비가
이토록 아름다운 건
꿈이 수놓인 날개를 가졌기 때문이다.

모든 만남, 모든 이별이 스며들어 우리가 되었구나.

보은 대추

작지만
작은 것이 아니다.

늦봄의 향기와 여름의 정열을
속 가득 품었다.

홍조 띤 미소
붉은 대추 한 알.

세월을 안아 주름졌지만
바라만 보아도 풍요롭다.

모든 만남, 모든 이별이 스며들어 우리가 되었구나.

제주돌 (화산석)

한 때는 불이었다가
한 때는 물이었다가
지금은 구멍이 숭숭한 돌이다.

한 때는 열정이었다가
한 때는 사랑이었다가
지금은 가슴이 숭숭 빈 나를 닮았다.

그러나 기억한다.
지구의 중심에서 우주로 날아오르던
찬란했던 비상을.

나도 기억한다.
열병같은 가슴앓이 나를 불살라 사랑했던
소중했던 희망을.

가끔 우리는 돌이 되어
말하지 않고 서로 안다.
구멍이 숭숭한 가슴에
다시 담아야 할 희망의 빛깔을.

모든 만남, 모든 이별이 스며들어 우리가 되었구나.

풍경

바람이 흔들면
소리를 내죠

바람소리가 아니고
제가 저를 치는 소리랍니다.

사람들은
제 소리가 아름답다고 말하죠

비밀인데, 사실 저는 조금 아파요.

그런데,
다시 바람이 그리워 지네요

만남이 없으면 이별 아픔도 없겠지만
아픔이 없다면 아름다운 제 소리도 없으니까요.

둘레길 걸으며

생의 한가운데서 잠시 벗어나
둘레길을 걷는다.

하늘에는 뭉게구름이 시원하다.

사바의 지친 호흡 한숨 돌리고
산들 나풀 두리번 걷는다.

햇살은
사랑은 사랑해야 비로소 배울 수 있다고 말할 때
빛나던 너의 눈빛을 닮았다.

둘레길
한 걸음 한 걸음에
걱정 하나 시름 하나 내려놓는다.

가뿐한 발걸음에
문득, 뒤 돌아 본다.

아 ! 그 많은 걱정과 시름은
모두 어디로 갔을까?
이리저리 살펴도 보이질 않는다.

모든 만남, 모든 이별이 스며들어 우리가 되었구나.

저기 풀꽃이 환하게 웃는다.
어느새 내 시름을 거름으로 품고 있다.

나는 너에게 시름을 던졌는데,
너는 나에게 웃음을 주는구나

둘레길 걸으며 또 하나 지혜를 얻는다.
걱정도 웃음의 씨앗이 된다.
시름도 행복의 거름이 된다.

모든 만남, 모든 이별이 스며들어 우리가 되었구나.

봄비

봄비는 꽃잎에 내리므로
조심조심 내린다.

겨우내 견딘 추위와
얼어붙은 희망의 꽃말들 위에
포근하게 내린다.

봄비는 초록 빛깔 사연을 품고
진종일 조용조용 대지를 적신다.
봄비를 맞으면 세상은 초록이 된다.

봄비 한 바가지에
쌀이 서말이라며
벌써 풍년을 맞은 것처럼
어머님도 봄비를 좋아하셨다.

봄비는 어머님의 비다.
외로운 사람들도 봄비를 맞으면 방긋 초록이 된다.

모든 만남, 모든 이별이 스며들어 우리가 되었구나.

우산 속

비의 선율에

나는
라라의 테마를 흥얼거렸다.

그대
감사할 나의 아씨여!

모든 만남, 모든 이별이 스며들어 우리가 되었구나.

그래서, 오는 봄

봄이 오네요.

응달에 쌓인 눈을 비켜 밟으며
나뭇가지 잡아가며 조심조심 봄이 오네요.

봄 발자국에
굳은 땅은 다시 살아 아지랑이 피어오르고

봄 손길에
나뭇가지에 초록 새순이 돋네요.

봄 눈길에
나도 겨울매듭을 풀고, 아~항 기지개를 펴네요.

추위를 견딘 우리에게,
웃음꽃 활짝 피우라고, 그래서, 봄은 오네요.

모든 만남, 모든 이별이 스며들어 우리가 되었구나.

2부————————————————————————진주빛
영혼의 시

모든 만남, 모든 이별이 스며들어 우리가 되었구나.

낙엽이 낙엽에게

꽃으로 살지 못하였다
실망하지 말게.

단풍이 드니
자네가 꽃보다 이쁘네.

꽃은 시들면 그 뿐
단풍은 떨어져도 단풍잎.

시인의 책갈피엔
꽃이 아니라 단풍잎이 있다네.

바람처럼

바람은
천국이라도
오래 머물지 않는다.

서로 부둥켜안아도
얽어매진 않고,

늘 부딪치며 살지만
상처받지 않는다.

바람은
꽃이든, 나비든
누구와도 함께한다.

슬픈 이와는 슬픈 기억으로
기쁜 이와는 기쁜 기억으로

함께 춤추며,
함께 흔들린다.

바람은
귀를 두드리고 노래하지만
수군대지 않는다.

모든 만남, 모든 이별이 스며들어 우리가 되었구나.

욕망이든, 사랑이든
그의 장단에 어울려 함께 흥얼대고

세월의 기억을 추억으로 품었지만
말하는 법이 없다.

바람이 일 때
비로소, 세상은 살아 있는 것이나,
바람은 한 번도 모습을 보여주지 않는다.

우리는
별처럼 정착된 삶의 기약 없는 약속을 하지만
어느새 서성이는 바람이 되어 바람처럼 산다.
어쩔거나, 우리는 상처받는 바람 되어 산다.

모래시계

유리호리병에 갇힌 시간의 모래들은
다투듯 아래로 흘러내려
무너지듯 쌓인다.

한 톨 한 톨 모든 시간은
온몸을 던져 쌓이는데,
이제 더 이상 낙하할 모래가 없는 모래시계는
그저 박제된 추억이 될 뿐.

흘러내린 사금의 시간들은
한 톨도 되돌릴 수 없다.

그렇다.
다시 물구나무서며
엎어지고 일어설 줄 알아야
온전한 인생이다.

쌓인 시간들을 몽땅 거꾸로 뒤집어
다시 출발할 줄 알아야
살아 있는 인생이다.

모든 만남, 모든 이별이 스며들어 우리가 되었구나.

모래시계는 안다.
아무리 기뻐도 주어진 시간
아무리 슬퍼도 던져진 시간
그리고, 그 시간이 지나면 모두 추억이 됨을.

모든 만남, 모든 이별이 스며들어 우리가 되었구나.

코스모스를 위한 기도

그저 쓸쓸한 가을을 택하게 하소서
시새워 피는 봄을 피하여
지는 낙엽 속에 피어나는
조용한 희망이게 하소서.

되도록 가난한 들길을 택하게 하소서
훈풍을 벗어나 차가운 바람 속에서도
소리없이 미소 짓는
작은 흔들림이게 하소서.

단 하나, 수줍은 추억으로 남게 하소서
하마 달빛 고운 저녁
젖은 풀바람이 그리운
그런 사연이게 하소서.

원컨대, 이제 방랑의 끝이 되게 하소서
꽃이 지면 다가올 겨울
철새마저 돌아가는 이 계절에
그 날을 예비하는 마지막 사랑이 되게 하소서.

모든 만남, 모든 이별이 스며들어 우리가 되었구나.

미루나무

새는,
그리워 떠나는 것이 아니라
그리워하기 위하여 떠난다고 했다.

우리는,
외로워서 만난 것이 아니라
외로워하기 위해서 함께 했던 것이다.

미루나무는,
누군가를 만난다는 것이 외로움의 시작.
누군가 떠난다는 것은 그리움이라는 것을 알았다.

미루나무는
푸른 목을 길게 하고서 돌아오지 않는 새를 기다린다.

새를 기다리는 미루나무는
머리에 새 닮은 조각구름이 걸려 있을 때
가장 행복했다.

그래서, 미루나무는
새 닮은 구름과 함께 있을 때 가장 아름답다.

모든 만남, 모든 이별이 스며들어 우리가 되었구나.

앨범

고르고 고르다가
결국 나 닮은 너를 골랐다.

기쁜 노래는 하나,
슬픈 노래가 절반이다.

기쁜 노래도 좋지만
나는 슬픈 노래가 더 좋다.

한가득 기쁜 노래만 담은 너 보다
슬픈 노래도 간직한 네가 더 좋다.

슬픈 노래를 함께 기뻐할
사람이 있다는 건
진정으로 행복한 일이다.

모든 만남, 모든 이별이 스며들어 우리가 되었구나.

진초록 넥타이를 보며

누에는 뽕잎 먹고
넉 잠 허물을 벗으며
실을 토했다.

목화는
분홍 꽃을 떨구고
흰 솜털 열매를 맺었다.

여인은
비 오는 저녁
비단과 면을 엮어 넥타이를 만들었다.

뽕잎 닮은 빛깔에
목화 닮은 흰색 정표를 그렸다.

누에는 자라며
목화를 한 번도 만난 적이 없었으나
지금은 한 몸이 되어, 어느 사내의 목을 감싸고 있다.

인생은 그렇다.
살아보기 전에는 아무도 모른다.

초행길

인생길은 초행길
되돌아 갈 수 없네.

수없는 갈림길에 고민 많아도,
세월은 기다려주지 않네,
멈출 수도 없네.

뒤돌아보면, 아쉬움에
한번쯤 후회도 하지.

그래도 초행길엔,
황금 지혜를 얻는 기쁨과,
설레임이 있다네.

어두운 밤이 오면,
하늘에 별 뜨니 이정표가 되고,

봄 꽃길, 한없이 즐거우나
섬광처럼 짧고,

가을에는 낙엽 지니
오솔길이 좋음을 알게 되지.

모든 만남. 모든 이별이 스며들어 우리가 되었구나.

나도 모르는데, 너도 모르는,
인생길은 함께 걸어도 초행길.

님은 알 듯한데, 말해주지 않네.

운명이라 체념하지 말게,
우리들이 선택한 인생길
뚜벅 뚜벅, 사뿐 사뿐, 걸어가야지.

모든 만남, 모든 이별이 스며들어 우리가 되었구나.

대작 (對酌)

술잔 들어
그대를 비추어 담아 마시니
그대가 내 안에 들어왔네.

그대가 술잔 들어
그 술잔 바라보니
내가 그대의 술잔에 담겨져 있네.

나는 그대를 마시고
그대는 나를 마신다네.

아,
우리가 함께 마신 것은 술이 아니라
그대와 나의 인생이었네.

모든 만남, 모든 이별이 스며들어 우리가 되었구나.

약 속

그 대 와
영 원 히

이별 후에

시간이 약이란 말을 믿으며 하루를 보내죠.

자고나면, 기억 사라질까
죽음 같은 잠을 청해도 보죠.

사랑이 깊은 만큼 아픔도 깊다 하는데,
너무나 사랑한 날들이 두려워져요.

그리움이 아름답다는 거짓말.
사랑하였기에 행복하다는 거짓말.

함께한 수많은 시간과 공간이
거짓말처럼 사라져 달라고 허튼 기도를 하죠.

눈물이 마르면
그리움도 멈춘다. 멈춘다. 멈춘다.
주문을 외죠.

하루는 사랑을 후회하다가
이틀은 사랑을 위로하고,
삼일은 아무 일도 못하고 그냥 보내죠.

날 좋은 날, 추억을 지우자. 지우자.
동굴 속 레테의 강물을 찾아 혼자 떠나요.

떠나도 떠나도
너의 기억으로 다시 돌아온 오늘...

시간이 약이란 말을 믿으며 또 하루를 그냥 보내죠.

모든 만남, 모든 이별이 스며들어 우리가 되었구나.

포장마차에서

달빛 같은 가스등불
어둠을 등지고

나 하나로 빈 가슴을
잔 소주로 데우며

뉘 사랑얘기 흘려들으니

세상 사는 게
다 그런가 보다.

모든 만남, 모든 이별이 스며들어 우리가 되었구나.

절밥 한 그릇

늦가을 오세암
저녁 공양 마치니.

그윽한 산 풍경 속으로
종소리 은은히 울려 퍼지네.

시름 깊은 밤
총총히 별은 밝아 오고.

나도 별 하나 되어
사바의 나를 내려다보네.

문득, 노스님의 독경 소리
바람되어 내 귀에 들어와 내가 되었네.

그때서야 알았다네.
나 자신이 한 조각 바람이라는 것을.
내가 비운 절밥 한 그릇 채우기도 벅찬.

곡선을 보며

그랬다.
사랑은 곡선이었다.

그대, 그리움에 쏜살처럼 달려온 허공도
알고 보니 곡선이었다.

바람에 날아갈 듯 춤추며
끝내 지상으로 낙화하는 꽃잎처럼
더디게 떨어지던 이별의 경로도
아련히 어지러운 곡선이었다.

그렇다.
미움도 곡선이었다.

이별 뒤에 미움과 절망으로
수직으로 한없이 추락하였으나,
돌아 돌아 익숙한 길 위를 걷고 있으니
미움도 분명 곡선이었다.

모든 만남, 모든 이별이 스며들어 우리가 되었구나.

잊고자 던진 미련의 부메랑이
곡선의 비행을 마치고
한사코 스스로의 발 아래로 착지함을 보면서

그대도 지금쯤 알게 되었으면 좋겠다.
미움이나 사랑이나
곡선처럼 돌고 돌아 결국 하나이었음을.

담배 (오랜만에 담배를 피우며)

생각해보니
너에게 중독된 시절이
행복했는지 모른다.

처음 만나 으쓱 설레이던 추억도 좋았고,
금세 친구가 되어 즐거웠다.

그렇게나 만나고
시나브로 쌓인 고독을 핑계로
또 너를 대하면, 세상은 온전히 평화로웠다.

언제나 너는 내 입맞춤에
오로지 나를 위해 불살라 연기되어 사라졌다.

생각하면
단 하나의 기쁨을 위하여
나머지의 모든 슬픔을 감내하여야 하는 운명이었다.

너의 희생에 비하면
내 몸에 문신처럼 밴 너의 체취는 초라한 타투.

모든 만남, 모든 이별이 스며들어 우리가 되었구나.

인생은
무언가에 점점 중독되어
이유 없는 고집이 생길 때 눈멀고

무언가를 핑계로
바삐바삐 살다가 귀멀고

희망 기다림에 지쳐
스스로 포기할 때 비로소 철든다.

그대여!

습관처럼 바삐바삐 살아 가다가
문득 견디기 힘든 하루
견디지 못하고 죽을 듯 고독한 희망의 끝자리에

내가 너의 담배가 되어
작은 위로가 되고 싶다.
네가 오래 전 내게 그랬던 것처럼.

모든 만남, 모든 이별이 스며들어 우리가 되었구나.

내 마음의 여백

병인 줄 알았다.
가슴 한 켠 텅 비어 있는 상실감.

무엇을 하여도
조금은 빈 느낌의 허전함이
고독이라 불리는 불치의 선천병인 줄만 알았다.

어느 날,
그대의 화사한 눈빛 날아와
내 텅 빈 마음 한 가득
빈틈없이 채울 때

비로소
고독도 허전함도 병이 아님을 깨달았다.

그대 떠나 빈 가슴은 그대로이나
고독도 허전함도 아닌
내 마음의 여백이 되었다.
비워 있지만 비워 있지 않은.

마음에 여백이 있는 그대여
그대가 진정 아름다운 사람이다.

모든 만남, 모든 이별이 스며들어 우리가 되었구나.

올해도 가을이 왔네요

아침에 해 뜨고
저녁에 해 지는
기적 같은 하루도 감사한데,

제가 그토록 기다리던
가을이 별일 없이 오다니
참 고맙고 감사한 일입니다.

철없이 수많은 세월을 떠나보내고도
철모르고 사는 시방

잠자리 날갯 짓에 햇살 저물고,
밤이 점점 길어가는 가을이 왔네요.

물병자리 별빛에 사과가 여물듯,
나의 가을이 기도처럼 익으면.

사념도 날갯 짓을 접고
욕심도 고개 숙여 겸손한 천국의 계절이 되리니.

다시 온 이 가을엔
나 익은 열매는 너 다주고
낙엽 하나 받아도 나는 좋으리.

모든 만남, 모든 이별이 스며들어 우리가 되었구나.

늦은 고백 (한결같은 그대에게)

그대와 함께한 수많은 날들이
내게는 모두 첫날이었습니다.

그대와 함께한 수많은 일들은
내게 모두 설레임이었습니다.

눈빛으로 말하는 법을
그대에게서 배웠고,

말없이 바라만 보아도 행복할 수 있다는 것,
멀리 떨어져 있어도 늘 가까이 있을 수 있다는 것을,
그대로 인하여 배웠습니다.

미소가 환한 그대여,
그대의 노래에 나는 춤을 추고 싶습니다.
오래도록, 영원히.

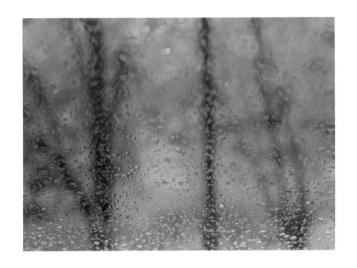

모든 만남, 모든 이별이 스며들어 우리가 되었구나.

가을비

가을비는
바라만 보아도 젖는다.

단풍 멀리
차창을 빗금 치며 내리는 가을비.

봄, 여름에 떠난
그리운 사람이 있는 이여.

가을비에 젖어
하냥 추억에 잠겨도 좋으리.

모든 만남, 모든 이별이 스며들어 우리가 되었구나.

가을바람

가을바람은
이미 피었다가 진 꽃들과,
사랑하다 떠난 이를 위한,
비올라풍 에필로그.

희. 노. 애. 락.
마음 줄 네 현을 천천히 쓰다듬어
쓸쓸하지만 슬프진 않게 소리 내어 분다.

온 종일 기다리다, 만나지 못하고
힐긋 힐긋 뒤돌아보며 돌아가는
소녀의 눈길처럼,
가을바람은 자꾸 뒤돌아보며 분다.

가을바람도
못내 잊지 못하는 추억이 있나보다.

그 바람에 젖어, 나 추억에 잠기는 저녁
바람이 석양을 놓지 않는 듯, 황혼은 더 뉘엿뉘엿 진다.

가을소풍

가을 하늘이
슬프도록 푸른 이유를
이제야 알았다.

푸른 잔디가
푸른 빛깔을 하늘에 주고,
스스로는 노랗게 되었다.

푸른 잎들이
여름의 슬픈 기억들을 모두 하늘에 주고
좋은 추억만 남아 알록달록 단풍이 되었다.

단풍은 제각각 멋진 추억들의 빛깔이다.
단풍을 만지면 좋은 추억들이 떠오른다.

하늘 푸른 가을이 오면
혼자라도
두리번두리번 단풍 소풍을 한다.

모든 만남, 모든 이별이 스며들어 우리가 되었구나.

76

여위어지는 들길에서
문득 한 분이 단풍 하나를 줍는다.
설레며 단풍을 줍는 사람은
아직 고운 빛깔 사랑의 영혼을 가진 이다.

하늬바람이 한올한올 다정하다.
곱게 물든 단풍들이 손짓하며 말을 건다.

단풍이 건네는 추억 술잔에
나도 불그레 홍단풍이 된다.

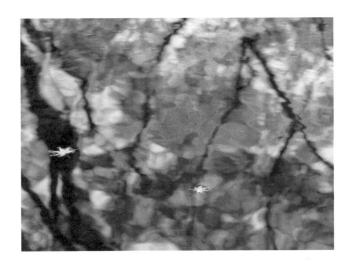

모든 만남, 모든 이별이 스며들어 우리가 되었구나.

3부_____변호사의
                                        하루

사노라면

기쁘나 슬프나
거기서 거기

슬픔은 바람의 한숨과 같고,
기쁨은 바람의 미소와 같아 한 순간일 뿐.

좋은 기억으로 살면
살 만한 세상이 된다.

고단했던 삶이 잊지 못할 추억이 되고
함께 흘린 눈물이 반짝이는 보석이 되지.

살아보니
구름은 바람 따라 가고
바람은 구름 따라 가는 이유를 알겠네.

무삼이 부는 바람에도
빛깔이 있다는 말의 의미를 알겠네.

한가득 고민의 어깨 짐을 지고서
짐을 스치는 바람이 무겁다고 푸념을 하는 나여.

모든 만남, 모든 이별이 스며들어 우리가 되었구나.

욕심으로 지은 집이 오래 갈 리 없고,
자기 잘못을 모르면 지혜를 얻지 못하네.

너 얼굴이 고우면 내 마음도 이뻐지고
너 마음이 고우면 내 마음도 기쁘지만,
내 마음에 바람이 없어야
진정으로 행복함을 이제 알겠네.

사노라면 알게 되지
환한 미소가 얼마나 소중한 것인지.
너에게 그리고 나에게도.

폭포 앞에서

물은
절벽을 만나면
아름다운 폭포가 되네.

한 점 두려움 없이
조금의 주저함도 없이
온 몸을 던지기 때문이지.

절벽이 높을수록
장엄하게 보이네.

그들의 거침없는 결기가
물보라로 피어오르면
나도 모르게 경외롭게 되지.

우리는
삶의 절벽을 만나면
두려움에 주저할 뿐.

움켜잡은
나뭇가지 조차 놓을 수가 없다네
한 치 아래 땅바닥이 있건만,

모든 만남, 모든 이별이 스며들어 우리가 되었구나.

하물며
백척간두에 서면
어찌 한 걸음 더 나아가겠는가.

그대 연약한 나여
폭포 앞에서 물보라에 젖네.

나는 여태껏 몇 번이나
버리고, 던졌는지 나에게 묻네.

모든 만남, 모든 이별이 스며들어 우리가 되었구나.

4월에

계절이 든,
사람이 든,
가장 행복할 때 가장 아름답습니다.

꽃이 든,
나비 든,
웃는 모습을 대하면, 나도 행복해집니다.

5월이 아름답지만,
아름다운 5월을 기다리는 4월이 정말 행복합니다.

어머니는 아린 날에도 늘 웃었지요.
어머니는 언제나 5월 자식을 기원하는 4월이었습니다.

모든 만남, 모든 이별이 스며들어 우리가 되었구나.

법정을 나서며

나는
오늘도
혼잣말을 한다.

사람이
법을 지켜야 하는가,
법이
사람을 지켜야 하는가

소설(小雪)에
눈 소식은 없고,
11월 바람이 매섭다.

모든 만남, 모든 이별이 스며들어 우리가 되었구나.

혼자 먹는 빵

그대의 손길이 닿은
빵을 함께 먹고 싶습니다.

그대의 기쁨이 담긴
빵을 함께 먹고 싶습니다.

그대의 눈물이 젖은
빵도 함께 나누고 싶습니다.

세상에서 가장 슬픈 빵은
눈물 젖은 빵이 아니고

뒤돌아서
혼자 먹는 빵입니다.

모든 만남, 모든 이별이 스며들어 우리가 되었구나.

권유

아쉬울 때가 아니라
못내 잊혀지지 않을 때
비로소, 사랑하라.

한때라도 사랑하였다면
영영 이별하지 말아라.

끝내 이별하여야 한다면
망설이다가, 망설이다가
이미 잊혀진 어느 날
비로소, 이별하라.

사랑은
아쉬움이 남는 것이 아니라
새겨 잊혀지지 않는 것이니.

이별은
외로움 때문에 아픈 것이 아니라
그리움 때문에 병드는 것이니.

모든 만남, 모든 이별이 스며들어 우리가 되었구나.

변호사의 하루

하루를 살기 위하여 하루를 싸워야 한다.

만고풍상의 기록을 뒤적이며
불면의 밤을 보낸 후에야
희망의 아침을 맞이한다.

미워할 수만 없는 상대방에게
짐짓 흥분하여 말을 가로채기도 하지만
서로에게 감추는 연민, 더이상 아무런 감정이 없음을 안다.

가끔은
사실이 진실보다 아름다운데
박제된 전설이 살아 움직이는 이국에서
나는 눈물 젖은 빵을 조심스럽게 나누어 먹는다.

정의의 여신은
왜 눈을 가리고 있는지
걱정하며, 설마하며
오늘도 내가 아닌 너를 위해 기도한다.

꽃은 바람에 흔들리지만 부러지지 않고
정의는 권력에 비틀거리지만 결코 쓰러지지 않는다.

모든 만남, 모든 이별이 스며들어 우리가 되었구나.

7월의 편지

7월 첫날
하얀 장미를 바라보며
그대에게 편지를 씁니다.

햇볕 뜨거운 날
나는 파란 하늘에 조각구름 되어
그대의 그늘이 되려고 합니다.

장맛비 억수로 내리는 한 주
틈틈이 가장 깨끗한 햇살 되어
그대의 습습한 마음 비추겠습니다.

뜨겁게 사랑하면서도 청초함을 잃지 않고
온종일 억수로 그리워하면서도 틈틈이만 보렵니다.

플라타너스 잎들이 햇살 바람에 손짓하면
그대 그리워 손 흔드는 나이고,
주렁주렁 청포도는 내 그리움의 열매라,

그대는 7월의 시원한 원두막에서
푸른 마음 함초롬한 청포도를 담뿍 담아 드소서.

모든 만남, 모든 이별이 스며들어 우리가 되었구나.

8월과 매미

장한 햇볕 눈 부시니,
모두 푸른 그늘에 숨는다.

모두가 햇볕으로 살지만
너무나 뜨거운 태양에
너도 나도 그늘로 피하여 몸을 숨긴다.

정열이 지나치면
친구도 떠나가고
나도 제풀에 지친다는 지혜를 얻는 8월이다.

8월 태양이 고마운 매미도
푸른 그늘에 기대어 운다.

짝을 찾아 온 종일 청량하게 운다.

매미가 울면 여름이 간다.

맴~ 맴~ 맴.
매미 소리에 이미 가을이 있다.

모든 만남, 모든 이별이 스며들어 우리가 되었구나.

여의도의 빌딩

여의도의 빌딩들은
항상 팔짱을 끼고 나를 쳐다본다.

8도의 지진에도
견딜 수 있다고 허세를 떤다.

숨겨 논 금고에
자본의 비밀이 있다고 우쭐대며,
자본주의가 망하지 않는 한 영원하다고 교만이다.

참 한심한 놈이다.

갑자기 단전된 전기줄에 매달려
아등바등하며 목숨을 구걸하던 밤.

너도 비로소 알았을 것이다,
이 세상에 영원한 갑은 없다는 것을.

모든 만남, 모든 이별이 스며들어 우리가 되었구나.

인연에 대하여

그리움의 빛깔이 닮았다.
쌓인 상처의 깊이가 닮았다.

실없는 농담에
선뜻 웃는 모양새도 닮았다.

언어의 햇살과 바람, 쉼표에
함께 가야 할 남은 날들이 닮았다.

포근한 눈빛에
한참을 바라보아도 그냥 설레인다.

그대는, 아름다운 인연이다.

모든 만남, 모든 이별이 스며들어 우리가 되었구나.

궁합에 대하여

철새는
돌아온다는 약속 때문이 아니라
바람 때문에 돌아오고,

텃새는
함께하겠다는 맹세 때문이 아니라
운명이기 때문에 머무는 것.

허된 맹약을 믿거나
후회하는 이 많으나,
가슴 아파할 일 아니다.

꿈을 위해
날아야 하는 바람이 있고,
행복을 위해
걸어야 하는 운명이 있다.

그대여!
그대 어깨 위에 앉은 새가
바람을 잊고

마냥 함께 할 운명이기를 바랄 뿐.

모든 만남, 모든 이별이 스며들어 우리가 되었구나.

이별에 대하여

꽃이 나무를 떠나는 이별은
임이 나에게 열매를 맺게 함이요,

강이 강물을 떠미는 이별은
내가 바다에 이르게 함이다.

이별이 있어
한 허물을 벗고 그리운 별이 될 수 있나니,

그대여,
헤어짐이 아프거든,
더욱 행복한 별이 되어라.

3월 설산에서

지금껏
하늘만 바라보고 살았다.

지성이면 감천이라는 의미로
하늘 가득 눈이 내리는 줄만 알았다.

산길을 쳐다보지 않고,
하늘만 바라보고 걷다가,
미끌거리며, 휘청거리며, 아찔하였다.

가지마다 소복이 쌓인 흰 눈을 감탄하며
산길을 오르다, 언뜻 내 발자취를 되돌아보며
내가 밟아온 감탄의 시간마다
흐트러진 내 발자국이 있음을 보았다.

너로 인하여 들뜬 시간
나로 인하여 흥분한 시간마다
나의 발자국은 흐트러져 있었다.

가야할 길이 먼 사람은
산 정상이라고 오래 머물지 않듯
감탄의 시간에도 오래 머물지 않아야 한다.

금방, 어둑어둑 하산 길
눈 녹아 살찐 개울물은
흡사 끊임없는 갈채소리를 내며 바삐 흘러
나의 산행을 재촉하고, 마음마저 홀린다.

멈추어, 잠시 하늘을 바라보니
그 곳에 그대로 나의 별자리가 있었다.

그래, 나의 별자리는 머리에 이고,
눈은 나의 산길을 보고 뚜벅뚜벅 걸어야 한다.
새봄이 오는 3월에는 더욱 더.

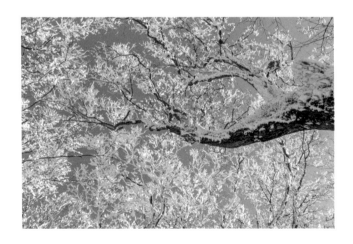

모든 만남, 모든 이별이 스며들어 우리가 되었구나.

한강에서

늘
한강이 장한 것은
너의 땀방울이 함께 흐르고 있기 때문이다.

오늘
한강이 이토록 아름다운 것은
그 속에 너의 눈물이 함께 흐르고 있기 때문이다.

강변에 서서
조각되어 흘러가는 너의 흔적을 바라보며
부질없는 서글픔 내려놓는다.

만인의 역사를 안고
말없이 흐르는 한강

강바람에 옷깃을 여미며
나직하게 말해본다.

나는 그대가 좋다.
무심한 듯 늘 바라보는 그대를 사랑한다.

모든 만남. 모든 이별이 스며들어 우리가 되었구나.

느티나무, 황변호사

지친 나그네에게도
낯가림이 없다.

모두를 보듬어
시원한 그늘을 주는 너.

바람결에 들려오는
전설도 품고
갑순이와 갑돌이의
사랑의 비밀도 간직한 채

백년의 긴 세월을
묵묵히
그 자리를 지킨다.

그렇게 묵묵히,
한결같이, 처음처럼.

모든 만남, 모든 이별이 스며들어 우리가 되었구나.

그늘

빛이 있는 곳에
그늘이 있는 것이 아니라.

무언가 있는 곳에 그늘이 있다.

그늘이 있다는 것은
무엇인가 있다는 말이다.

무엇인가를 가지려면
그 그늘도 함께 가져야 한다.

모든 만남, 모든 이별이 스며들어 우리가 되었구나.

벤치에서

나비 한 마리
나풀나풀 날고 있다.

벤치에는
나와 모딜리아니 그림자가 사색에 잠겼다.

나비가 행복한가
모딜리아니가 행복한가.

나비가 내 어깨에 앉으니
나비와 모딜리아니가 하나가 되었다.

석양에
붉은 노을이 멋지다.

모든 만남, 모든 이별이 스며들어 우리가 되었구나.

꽃다발

당신의 기쁜 소식에
꽃을 다발로 묶어, 축하의 마음을 담아 드립니다.

당신의 소중한 성취가
나의 기쁨어린 행복이기도 하기 때문입니다.

나의 꽃다발에는
흰장미와 백합, 분홍국화가 활짝 웃으며,
순진하고, 순결하고, 성실함이라는
꽃말들로 당신을 축복합니다.

당연히,
모든 것의 본질은 사랑이므로,
당신에 대한 존경과 사랑의 마음도
함께 담았습니다.

꽃들의 향기를 맡으며,
지금 그대로의 기쁨과 감사의 마음 변치 않으시길 바랍니다.

그대의 건승을 기원하며,
내 마음은 벌써 또 다른 꽃다발을 준비합니다.

모든 만남, 모든 이별이 스며들어 우리가 되었구나.

묻다가

나는 누구인가
우리는 무엇으로 사는가

사랑이란 무엇인가
진정, 행복이란 무엇인가

자유란, 평등이란,
도대체, 정의란 무엇인가

님에게 묻다가
나에게 묻다가.

벌써 황혼이다.

모든 만남, 모든 이별이 스며들어 우리가 되었구나.

결론

아무리 힘센 권력이라도
가장 연약한 권리보다 앞설 수 없다.

모든 만남, 모든 이별이 스며들어 우리가 되었구나.

4부 ——————————눈과 함께 겨울나기

모든 만남, 모든 이별이 스며들어 우리가 되었구나.

겨울비

덮을 허물보다
씻어낼 슬픔이 아직 많아

차마, 흰 눈 되지 못하고
비 되어 내린다.

겨울비는
아직 떠나지 못하는 낙엽과
못내 아쉬운 가을인연을 토닥이며 내린다.

차가운 손을 흔들어도
따듯한 눈빛 때문에 견디기 벅찬 이별이 되듯

겨울비는
어둑한 하늘에서 차갑게 내리지만
함박눈인 듯 포근하게 가슴에 쌓인다.

누군가와 함께 겨울비를 맞으면,
찬 슬픔은 잊고, 미소 품은 눈사람이 된다.

모든 만남, 모든 이별이 스며들어 우리가 되었구나.

눈이 오려는 날

우리는 기적을 꿈꾼다.
성실한 삶이 되려 인생을 슬프게 하는 날마다.

착하게 떠밀려 살다가,
불현 듯 절망의 끝언덕에 서면
온 세상의 슬픈 색깔들을
단숨에 덮어 버릴 폭설 같은 사랑을 꿈꾼다.

속울음을 참고 참아
눈빛 어둑해지는 하늘

그 하늘에서
함박눈이 펑펑 내려
온 세상이 하얗게 되길 꿈꾼다.

눈이 오려는 날은
기적이라도 일어나려는 날처럼
기원되고, 설렌다.

모든 만남, 모든 이별이 스며들어 우리가 되었구나.

첫 눈 오는 날

첫 눈은
첫 눈에 반한다.

처음 만나지만,
오래도록 기다린 그리운 만남이기 때문이다.

첫 눈은
설레며 내려
가을색 풍경 속에 그리운 마음을 흩날린다.

그러므로
첫 눈을 맞으면 누구나 그리운 사람이 보고 싶다.

첫 눈 오는 오늘
나는 그대가 보고 싶다.

모든 만남, 모든 이별이 스며들어 우리가 되었구나.

함박눈 내리는 저녁

어둠이 내리고
함박눈이 내리고
아련한 그리움이 내리네

이토록 많은 그리움을
잊고 살았나
함박눈은 밤하늘과 대지를 가득 메우네

탁자의 찻찬에선
김이 칸타빌레 피어 오르고,

창밖엔, 함박눈이
라르고, 알레그로, 모데라토,
안단테, 프레스토, 아다지오,
하염없이 내리네.

그리움이 하늘 끝까지 닿겠네.

모든 만남, 모든 이별이 스며들어 우리가 되었구나.

눈사람

눈은 차가운데
눈사람은 늘 포근한 미소를 짓는다.

차가운 손을 호호불며
따뜻한 동심으로 태어났기 때문이다.

차가운 사람도
따뜻한 손길이 닿으면
포근한 사람이 된다.

눈사람 만들어 바라보면
그리운 사람이 보인다.
세상이 추워도 포근한 사람이다, 그대처럼.

모든 만남, 모든 이별이 스며들어 우리가 되었구나.

함박눈

하늘나라에
큰 경사가 있나보다.

함박웃음이 넘쳐
눈이 되어 내린다.

함박눈을 맞으면
내 마음도 웃는다.

함박눈이 쌓이면
사바도 하늘 잔치 세상이 된다.

모든 만남, 모든 이별이 스며들어 우리가 되었구나.

청람문 앞에서

내가 꽃을 그려달라 했더니
그대는 꽃을 피우고 봄을 노래하고 있구나.

고운 말은
예쁜 입술이 아니라
깊은 배려에서 나옴을 아는 그대여!

그런, 그대가 미소 지으니
나는 너털웃음으로 답할 수밖에.

모든 만남, 모든 이별이 스며들어 우리가 되었구나.

어떤 고백

밤새 고민했던 말
그냥, 농담처럼 던지죠.

혹시 부담되어
그대 날아날까 걱정이 되어

농담마라 핀잔주어
마음아파도
세 살 그때처럼 웃지요.

내 숨긴 마음
들키고 싶지 않아서

아시나요 !
내 이름 잊고, 그대 이름만 들린다는 것.

모든 만남, 모든 이별이 스며들어 우리가 되었구나.

저녁기도

오늘보다
내일이 더 나은 삶이고저
지친 날에도,
모두에게서 다시 내게로 돌아옵니다.

떠나고, 떠나보내며
살아가는 고단한 삶이지만
나마저, 나를 버리면
나는 무엇입니까.

단지
한 아름 아픔을 안고
되돌아가는 삶일지라도

오늘보다는
내일이 아름다운 그런 사연이고저
슬픔은 잊고 고운 꿈을 가꾸렵니다.

님이시여!
내가 사랑하는 일이
더불어 모두가 기쁨이 되는 삶이 되게 하소서.

끝 시 _____

모든 만남, 모든 이별이 스며들어 우리가 되었구나.

4월의 눈

말하자면
만나자마자 이별이었다.

햇살이 빛나면 함께 할 수 없는
짧은 운명인 줄 알았다.

설레는 첫눈,
하늘을 가득 메웠던 함박눈도 아니고
철 지난 4월에 눈을 만났다.

이미 헤어져 영영 만나지 못할 것으로
알았던 눈을
꽃구경 길에 만났다.

4월의 눈은
꽃잎 위에 쌓여 또 다른 꽃이 되었다.

끝시.

모든 만남, 모든 이별이 스며들어 우리가 되었구나.

하이얀 눈꽃은
꽃잎에 녹아 그대로 꽃이 되었다.

그렇다
너는 영영 떠난 것이 아니라
대지에 녹아
뿌리에 스며올라
이미 꽃이 되어 있었다.

4월 바람에
벚꽃이 흰 눈처럼 내리는
이유가 있었구나.

모든 만남이,
모든 이별이 스며들어 우리가 되었구나.

모든 만남, 모든 이별이 스며들어 우리가 되었구나.

작가약력 _____

김 종 철 (金種哲)

- 1961년생, 시인, 변호사
- 〈여기〉 신인상 수상 등단
- 대전고등학교 졸업
- 경희대학교 법과대학 졸업
- 경희대학교 국제법무대학원 수료
- 사법연수원 제26기 수료
- 정보통신부 정보통신위원회 자문위원
- 경희대학교 법과대학 외래교수(생활과법률)
- 서울지방변호사회 법제이사, 인권이사
- 대한변호사협회 인권이사, 인권위원장
- 국회 윤리심사자문위원회 위원
- (사)한국신체장애인복지회 회장 직무대행
- (재)홍익회, 중소기업진흥공단, 보건복지부 고문변호사

─ 현재

- 법무법인 새서울 대표변호사
- 대한변호사협회 법관평가특별위원회 위원장
- 법무부 치료감호심의위원회 위원
- 서울중앙지방법원 조정위원
- 대한상사중재원 중재인
- ㈜상아프론테크, 한국가스공사 사외이사

모든 만남, 모든 이별이 스며들어 우리가 되었구나.

모든 만남,
모든 이별이
스며들어
우리가
되었구나.

지은이 | 김종철
펴낸곳 | 마인드큐브
펴낸이 | 이상용
편집부 | 정효주, 김인수
디자인 | 서경아, 남선미, 서보성

출판등록 | 제2018-000063호
이메일 | mind@mindcube.kr
전화 | 편집 070-4086-2665
　　　　| 마케팅 031-945-8046 (팩스 031-945-8047)

초판 1쇄 발행 | 2019년 8월 15일
ISBN | 979-11-88434-19-0 (03810)